·中小学生阅读指导目录·

闻一多诗选

闻一多/著

人民文学出版社

图书在版编目（CIP）数据

闻一多诗选/闻一多著. —北京：人民文学出版社，2022
（中小学生阅读指导目录）
ISBN 978-7-02-016364-9

Ⅰ.①闻… Ⅱ.①闻… Ⅲ.①诗集—中国—现代 Ⅳ.①I226

中国版本图书馆 CIP 数据核字（2020）第 084343 号

责任编辑　周方舟
装帧设计　李思安
责任校对　李晓静
责任印制　任　祎

出版发行　人民文学出版社
社　　址　北京市朝内大街 166 号
邮政编码　100705

印　　刷　德富泰（唐山）印务有限公司
经　　销　全国新华书店等

字　　数　46 千字
开　　本　890 毫米×1290 毫米　1/32
印　　张　4.375　插页 1
印　　数　1—5000
版　　次　2022 年 1 月北京第 1 版
印　　次　2022 年 1 月第 1 次印刷

书　　号　978-7-02-016364-9
定　　价　19.00 元

如有印装质量问题，请与本社图书销售中心调换。电话：010-65233595

出版说明

　　阅读是帮助人获取知识、培养正确的价值观、提高审美水平和增强表达能力的重要手段。中小学时期正值人生的成长阶段，培养良好的阅读习惯，保证一定的阅读量，会让每一个孩子受益无穷。为此，教育部基础教育课程教材发展中心组织研制了一套《中小学生阅读指导目录》，于2020年4月向全社会发布。

　　《指导目录》推荐的书目涵盖小学、初中、高中三个学段，分人文社科、文学、自然科学、艺术四类，总计三百种图书。其中文学类图书占一百五十种，充分体现了文学阅读在中小学生课外阅读中的重要地位。人民文学出版社是全国最大的文学专业出版机构，七十年来始终坚持以传播优秀文化为己任，立足经典，注重创新，在中外文学出版方面积累了丰厚的资源。《指导目录》推荐的绝大多数文学类图书，本社很早即已出版，且经多年修订、打磨，版本质量总体较高。为使《指导目录》发挥实际作用，尽力为广大中小学生、教师、家长选书提供"一站式"便捷服务，我社充分发挥自身优势，推出了这套"中小学生阅读指导目录"丛书。丛书收书约一百三十种，以推荐阅读的文学类图书为主，并在我们编辑力量允许的范围内,酌情选入了部分人文社科、艺术、自然科学类图书。

　　青少年代表着国家的未来和希望,少年强则国强。希望这套书常伴孩子们左右,对丰富他们的精神世界、提升各方面素质,能有切实帮助。

人民文学出版社编辑部
2020 年 5 月

目　次

前　言

　　闻一多（1899—1946），中国伟大的爱国主义者，新月派代表诗人、学者。本名闻家骅，字友三，湖北蕲水（今浠水）人。闻一多一生曲折，但爱国主义贯穿着他的生命始终。本次出版的专为中学生编选的《闻一多诗选》，即以爱国主义为主线，根据中学生的阅读水平及闻一多诗学成就，重点收入以下三个方面的内容：

　　一、于闻一多最著名的两本诗集《红烛》《死水》中，选编具有代表性且适宜学生阅读的现代新诗四十余首。底本为1948年郭沫若、朱自清、吴晗、叶圣陶主编的《闻一多全集》，并参考其他权威版本，对其中一些字词做了适当处理。

　　二、择选了十余首闻一多生前未能结集出版的佳作。为多种原因所限，1948年版《闻一多全集》虽称为“全集”，实则并未尽收闻一多的全部作品。故该部分均以诗篇首次发表的版本为底本，并参考其他优质版本进行了校订。

　　三、附录五首闻一多的经典译诗及两篇诗论。20世纪上半叶，闻一多曾翻译经典外文诗歌多首，这些译诗能够从另一个侧面反映闻一多的新诗创作特点，故作为附录收入本书。闻一多不仅是著名的诗人，也是具有卓越成就的诗论家，两篇诗论的收入，是为了便于青少年读者从另一角度管窥闻一多的诗艺成就，并增进对其诗歌的了解。

考虑到本书的篇幅及阅读对象,闻一多早年的诗作及旧体诗未再收录。

人民文学出版社编辑部

2021 年 12 月

红　烛①

蜡炬成灰泪始干

————李商隐

红烛啊！
这样红的烛！
诗人啊！
吐出你的心来比比，
可是一般颜色？

红烛啊！
是谁制的蜡——给你躯体？
是谁点的火——点着灵魂？
为何更须烧蜡成灰，
然后才放光出？
一误再误；
矛盾！冲突！

---

① 本诗为诗集《红烛》的序诗。

红烛啊！
不误，不误！
原是要"烧"出你的光来——
这正是自然底方法。

红烛啊！
既制了，便烧着！
烧罢！烧罢！
烧破世人底梦，
烧沸世人底血——
也救出他们的灵魂，
也捣破他们的监狱！

红烛啊！
你心火发光之期，
正是泪流开始之日。

红烛啊！
匠人造了你，
原是为烧的。
既已烧着，
又何苦伤心流泪？
哦！我知道了！
是残风来侵你的光芒，
你烧得不稳时，
才着急得流泪！

红烛啊！
流罢！你怎能不流呢？
请将你的脂膏，
不息地流向人间，
培出慰藉底花儿，
结成快乐的果子！

红烛啊！
你流一滴泪，灰一分心。
灰心流泪你的果，
创造光明你的因。

红烛啊！
"莫问收获，但问耕耘。"

雨　夜

几朵浮云,仗着雷雨底势力,
把一天底星月都扫尽了。
一阵狂风还喊来要捉那软弱的树枝,
树枝拼命地扭来扭去,
但是无法躲避风底爪子。

凶狠的风声,悲酸的雨声——
我一壁听着,一壁想着;
假使梦这时要来找我,
我定要永远拉着他,不放他走;
还剜出我的心来送他作贽礼,
他要收我作个莫逆的朋友。
风声还在树里呻吟着,
泪痕满面的曙天白得可怕,
我的梦依然没有做成。
哦!原来真的已被我厌恶了,
假的就没他自身的尊严吗?

雪

夜散下无数茸毛似的天花，
织成一片大氅，
轻轻地将憔悴的世界，
从头到脚地包了起来：
又加了死人一层殓衣。

伊将一片鱼鳞似的屋顶埋起了，
却总埋不住那屋顶上的青烟缕。
啊！缕缕蜿蜒的青烟啊！
仿佛是诗人向上的灵魂，
穿透自身的躯壳：直向天堂迈往。

高视阔步的风霜蹂躏世界，
森林里抖颤的众生战斗多时，
最末望见伊底白氅，
都欢声喊着："和平到了！奋斗成功了！
这不是冬投降底白旗吗？"

黄　昏

太阳辛苦了一天，
赚得一个平安的黄昏，
喜得满面通红，
一气直往山洼里狂奔。

黑黯好比无声的雨丝，
慢慢往世界上飘洒……
贪睡的合欢叠拢了绿鬓，钩下了柔颈，
路灯也一齐偷了残霞，换了金花；
单剩那喷水池
不怕惊破别家底酣梦，
依然活泼泼地高呼狂笑，独自玩耍。

饭后散步的人们，
好像刚吃饱了蜜的蜂儿一窠，
三三五五的都往
马路上头，板桥栏畔飞着。
嗡……嗡……嗡……听听唱的什么——

是花色底美丑？
是蜜味底厚薄？
是女王底专制？
是东风底残虐？

啊！神秘的黄昏啊！
问你这首玄妙的歌儿，
这辈嚣喧的众生
谁个唱的是你的真义？

二 月 庐

面对一幅淡山明水的画屏，
在一块棋盘似的稻田边上，
蹲着一座看棋的瓦屋——
紧紧地被捏在小山底拳心里。

柳荫下睡着一口方塘；
聪明的燕子——伊唱歌儿
偏找到这里，好听着水面的
回声，改正音调底错儿。

燕子！可听见昨夜那阵冷雨？
西风底信来了，催你快回去。
今年去了，明年，后年，后年以后，
一年回一度的还是你吗？
啊！你的爆裂得这样音响，
迸出些什么压不平的古愁！
可怜的鸟儿，你诉给谁听？
那知道这个心也碎了哦！

美 与 爱

窗子里吐出娇嫩的灯光——
两行鹅黄染的方块镶在墙上；
一双枣树底影子，像堆大蛇，
横七竖八地睡满了墙下。

啊！那颗大星儿！嫦娥底侣伴！
你无端绊住了我的视线；
我的心鸟立刻停了他的春歌，
因他听了你那无声的天乐。

听着，他竟不觉忘却了自己，
一心只要飞出去找你，
把监牢底铁槛也撞断了；
但是你忽然飞地不见了！

屋角底凄风悠悠叹了一声，
惊醒了懒蛇滚了几滚；
月色白得可怕，许是恼了？

张着大嘴的窗子又像笑了!

可怜的鸟儿,他如今回了,
嗓子哑了,眼睛瞎了,心也灰了;
两翅洒着滴滴的鲜血,——
是爱底代价,美底罪孽!

回　顾

九年底清华生活，
回头一看——
是秋夜里一片沙漠，
却露着一颗萤火，
越望越光明，
四围是迷茫莫测的凄凉黑暗。
这是红惨绿娇的暮春时节：
如今到了荷池——
寂静底重量正压着池水
连面皮也皱不动——
一片死静！
忽地里静灵退了，
镜子碎了，
个个都喘气了。
看！太阳底笑焰——一道金光，
滤过树缝，洒在我额上；
如今羲和替我加冕了，
我是全宇宙底王！

幻中之邂逅

太阳落了,责任闭了眼睛,
屋里朦胧的黑暗凄酸的寂静,
钩动了一种若有若无的感情,
——快乐和悲哀之间底黄昏。

仿佛一簇白云,濛濛漠漠,
拥着一只素氅朱冠的仙鹤——
在方才淌进的月光里浸着,
那娉婷的模样就是他么?

我们都还没吐出一丝儿声响;
我刚才无心地碰着他的衣裳,
许多的秘密,便同奔川一样,
从这摩触中不歇地冲洄来往。

忽地里我想要问他到底是谁,
抬起头来……月在那里? 人在那里?
从此狰狞的黑黯,咆哮的静寂,
便扰得我辗转空床,通夜无睡。

失　败

从前我养了一盆宝贵的花儿，
好容易孕了一个苞子，
但总是半含半吐的不肯放开。
我等发了急，硬把他剥开了，
他便一天萎似一天，萎得不像样了。
如今我要他再关上不能了。
我到底没有看见我要看的花儿！

从前我做了一个稀奇的梦，
我总嫌他有些太模糊了，
我满不介意，让他震破了；
我醒了，直等到月落，等到天明，
重织一个新梦既织不成，
便是那个旧的也补不起来了。
我到底没有做好我要做的梦！

贡　臣

我的王！我从远方来朝你，
带了满船你不认识的，
但是你必中意的贡礼。
我兴高采烈地航到这里来，
那里知道你的心……唉！
还是一个涸了的海港！
我悄悄地等着你的爱潮澎涨，
好浮进我的重载的船艘；
月儿圆了几周,花儿红了几度,
还是老等,等不来你的潮头！
我的王！他们讲潮汐有信，
如今叫我怎样相信他呢？

花儿开过了

花儿开过了,果子结完了;
一春底香雨被一夏底骄阳炙干了,
一夏底荣华被一秋底馋风扫尽了。
如今败叶枯枝,便是你的余剩了。

天寒风紧,冻哑了我的心琴;
我惯唱的颂歌如今竟唱不成。
但是,且莫伤心,我的爱,
琴弦虽不鸣了,音乐依然在。

只要灵魂不灭,记忆不死,纵使
你的荣华永逝(这原是没有的事),
我敢说那已消的春梦底余痕,
还永远是你我的生命底生命!

况且永继的荣华,顿刻的凋落——
两两相形,又算得了些什么?
今冬底假眠,也不过是明春底

更烈的生命所必需的休息。

所以不怕花残,果烂,叶败,枝空,
那缜密的爱底根网总没一刻放松;
他总是绊着,抓着,咬着我的心,
他要抽尽我的生命供给你的生命!

爱呀! 上帝不曾因青春底暂退,
就要将这个世界一齐捣毁,
我也不曾因你的花儿暂谢,
就敢失望,想另种一朵来代他!

深夜底泪

生波停了掀簸；
深夜啊！——
沉默的寒潭！
澈虚的古镜！

行人啊！
回转头来，
照照你的颜容罢！
啊！这般憔悴……

轻柔的泪，
温热的泪，
洗得净这仆仆的征尘？
尤端地一滴滴流到唇边，
想是要你尝尝他的滋味；
这便是生活底滋味！

枕儿啊！

紧紧地贴着！
请你也尝尝他的滋味。
唉！　若不是你，
这腐烂的骷髅，
往那里靠啊！

更鼓啊！
一声声这般急切；
便是生活底战鼓罢？
唉！　擂断了心弦，
搅乱了生波……

战也是死，
逃也是死，
降了我不甘心。
生活啊！
你可有个究竟？

啊！宇宙底生命之酒，
都将酌进上帝底金樽。
不幸的浮沤！
怎地偏酌漏了你呢？

青　春

青春像只唱着歌的鸟儿，
已从残冬窟里闯出来，
驶入宝蓝的穹隆里去了。

神秘的生命，
在绿嫩的树皮里澎涨着，
快要送出带着鞘子的
翡翠的芽儿来了。

诗人呵！揩干你的冰泪，
快预备着你的歌儿，
也赞美你的苏生罢！

春　寒

春啊！
正似美人一般，
无妨瘦一点儿！

春之首章

浴人灵魂的雨过了：
薄泥到处啮人底鞋底。
凉飕挟着湿润的土气
在鼻蕊间正冲突着。

金鱼儿今天许不大怕冷了？
个个都敢于浮上来呢！

东风苦劝执拗的蒲根，
将才睡醒的芽儿放了出来。
春雨过了，芽儿刚抽到寸长，
又被池水偷着吞去了。

亭子角上儿根瘦硬的，
还没赶上春的榆枝，
印在鱼鳞似的天上；
像一页淡蓝的朵云笺，
上面涂了些僧怀素底

铁画银钩的草书。

丁香枝上豆大的蓓蕾，
包满了包不住的生意，
呆呆地望着寥阔的天宇，
盘算他明日底荣华——
仿佛一个出神的诗人
在空中编织未成的诗句。

春啊！明显的秘密哟！
神圣的魔术哟！

啊！我忘了我自己，春啊！
我要提起我全身底力气，
在你那绝妙的文章上
加进这丑笨的一句哟！

春 之 末 章

被风惹恼了的粉蝶，
试了好几处底枝头，
总抱不大稳，率性就舍开，
忽地不知飞向那里去了。
啊！大哲底梦身啊！
了无黏滞的达观者哟！

太轻狂了哦！杨花！
依然吩咐雨丝黏住罢。

娇绿的坦张的荷钱啊！
不息地仰面朝上帝望着，
一心地默祷并且赞美他——
只要这样，总是这样，
开花结实底日子便快了。

一气的酣绿里忽露出
一角汉纹式的小红桥，

真红得快叫出来了！

小孩儿们也太好玩了啊！
镇日里蓝的白的衫子
骑满竹青石栏上垂钓。
他们的笑声有时竟脆得像
坍碎了一座琉璃宝塔一般。
小孩们总是这样好玩呢！

绿纱窗里筛出的琴声，
又是画家脑子里经营着的
一帧美人春睡图：
细熨的柔情，娇羞的倦致，
这般如此，忽即忽离，
啊！迷魂的律吕啊！

音乐家啊！垂钓的小孩啊！
我读完这春之宝笈底末章，
就交给你们永远管领着罢！

谢 罪 以 后

朋友,怎样开始？这般结局？
"谁实为之？"是我情愿,是你心许？
朋友,开始结局之间,
演了一出浪漫的悲剧；
如今戏既演完了,
便将那一页撕了下去,
还剩下了一部历史,
恐十倍地庄严,百般地丰富,——
是更生底灵剂,乐园底基础！

朋友！让舞台上的经验,短短长长,
是恩爱,是仇雠,尽付与时间底游浪。
若教已放下来的绣幕,
永作隔断记忆底城墙；
台上的记忆尽可隔断,
但还有一篇未成的文章,
是在登台以前开始作的。
朋友！你为什么不让他继续添长,

完成一件整的艺术品？你试想想！

朋友！我们来勉强把悲伤葬着，
让我们的胸膛做了他的坟墓；
让忏悔蒸成湿雾，
糊湿了我们的眼睛也可；
但切莫把我们的心，
冷的变成石头一个，
让可怕的矜骄底刀子
在他上面磨成一面的锋,两面的锷。
朋友,知道成锋的刀有个代价么？

忏 悔

啊！浪漫的生活啊！
是写在水面上的个"爱"字，
一壁写着，一壁没了；
白搅动些痛苦底波轮。

孤　雁

不幸的失群的孤客！
谁教你抛弃了旧侣，
拆散了阵字，
流落到这水国底绝塞，
拼着寸磔的愁肠，
泣诉那无边的酸楚？

啊！从那浮云底密幕里，
迸出这样的哀音；
这样的痛苦！这样的热情！

孤寂的流落者！
不须叫喊得哟！
你那沉细的音波，
在这大海底惊雷里，
还不值得那涛头上
溅破的一粒浮沤呢！

可怜的孤魂啊！
更不须向天回首了。
天是一个无涯的秘密，
一幅蓝色的谜语，
太难了，不是你能猜破的。
也不须向海低头了。
这辱骂高天的恶汉，
他的咸卤的唾沫
不要渍湿了你的翅膀，
黏滞了你的行程！

流落的孤禽啊！
到底飞往那里去呢？
那太平洋底彼岸，
可知道究竟有些什么？

啊！那里是苍鹰底领土——
那鸷悍的霸王啊！
他的锐利的指爪，
已撕破了自然底面目，
建筑起财力底窝巢。
那里只有钢筋铁骨的机械，
喝醉了弱者底鲜血，
吐出些罪恶底黑烟，
涂污我太空，闭熄了日月，
教你飞来不知方向，
息去又没地藏身啊！

流落的失群者啊!
到底要往那里去?
随阳的鸟啊!
光明底追逐者啊!
不信那腥臊的屠场,
黑黯的烟灶,
竟能吸引你的踪迹!

归来罢,失路的游魂!
归来参加你的伴侣,
补足他们的阵列!
他们正引着颈望你呢。

归来偃卧在霜染的芦林里,
那里有校猎的西风,
将茸毛似的芦花,
铺就了你的床褥
来温暖起你的甜梦。

归来浮游在温柔的港溆里,
那里方是你的浴盆。
归来徘徊在浪舐的平沙上,
趁着溶银的月色
婆娑着戏弄你的幽影。

归来罢,流落的孤禽!

与其尽在这水国底绝塞，
拼着寸磔的愁肠，
泣诉那无边的酸楚，
不如棹翅回身归去罢！

啊！但是这不由分说的狂飙
挟着我不息地前进；
我脚上又带着了一封书信，
我怎能抛却我的使命，
由着我的心性
回身棹翅归去来呢？

太平洋舟中见一明星

鲜艳的明星哪！——
太阴底嫡裔，
月儿同胞的小妹——
你是天仙吐出的玉唾，
溅在天边？
还是鲛人泣出的明珠，
被海涛淘起？

哦！我这被单调的浪声
摇睡了的灵魂，
昏昏睡了这么久，
毕竟被你唤醒了哦，
灿烂的宝灯啊！
我在昏沉的梦中，
你将我唤醒了，
我才知道我已离了故乡，
贬斥在情爱底边徽之外——
飘簸在海涛上的一枚钓饵。

你又唤醒了我的大梦——
梦外包着的一层梦！
生活呀！苍茫的生活呀！
也是波涛险阻的大海哟！
是情人底眼泪底波涛，
是壮士底血液底波涛。

鲜艳的星，光明底结晶啊！
生命之海中底灯塔！
照着我罢！照着我罢！
不要让我碰了礁滩！
不要许我越了航线；
我自要加进我的一勺温泪，
教这泪海更咸；
我自要倾出我的一腔热血，
教这血涛更鲜！

火　柴

这里都是君王底
樱桃艳嘴的小歌童：
有的唱出一颗灿烂的明星，
唱不出的，都拆成两片枯骨。

寄 怀 实 秋

泪绳捆住的红烛，
已被海风吹熄了；
跟着有一缕犹疑的轻烟，
左顾右盼，
不知往那里去好。
啊！解体的灵魂哟！
失路底悲哀哟！

在黑暗底严城里，
恐怖方施行他的高压政策：
诗人底尸肉在那里仓皇着，
仿佛一只丧家之犬呢。
莲蕊间醋睡着的恋人啊！
不要灭了你的纱灯：
几时珠箔银缕飘着过来，
可要借给我点燃我的残烛，
好在这阴城里面，
为我照出一条道路。

烛又点燃了，
那时我便作个自然的流萤，
在深更底风露里，
还可以逍遥流荡着，
直到黎明！

莲蕊间酣睡着的骚人啊！
小心那成群打围的飞蛾，
不要灭了你的纱灯哦！

记　忆

记忆渍起苦恼的黑泪，
在生活底纸上写满蝇头细字；
生活底纸可以撕成碎片，
记忆底笔迹永无磨灭之时。

啊！友谊底悲剧，希望底挽歌，
情热底战史，罪恶底供状——
啊！不堪卒读的文词哦！
是记忆底亲手笔，悲哀底旧文章！

请弃绝了我罢，拯救了我罢！
智慧哟！钩引记忆底奸细！
若求忘却那悲哀的文章，
除非要你赦脱了你我的关系！

太 阳 吟

太阳啊,刺得我心痛的太阳!
又逼走了游子底一出还乡梦,
又加他十二个时辰底九曲回肠!

太阳啊,火一样烧着的太阳!
烘干了小草尖头底露水,
可烘得干游子底冷泪盈眶?

太阳啊,六龙骖驾的太阳!
省得我受这一天天底缓刑,
就把五年当一天跪完那又何妨?

太阳啊——神速的金乌——太阳!
让我骑着你每日绕行地球一周,
也便能天天望见一次家乡!

太阳啊,楼角新升的太阳!
不是刚从我们东方来的吗?

我的家乡此刻可都依然无恙？

太阳啊，我家乡来的太阳！
北京城里底官柳裹上一身秋了罢？
唉！我也憔悴的同深秋一样！

太阳啊，奔波不息的太阳！
你也好像无家可归似的呢。
啊！你我的身世一样地不堪设想！

太阳啊，自强不息的太阳！
大宇宙许就是你的家乡罢。
可能指示我我底家乡底方向？

太阳啊，这不像我的山川，太阳！
这里的风云另带一般颜色，
这里鸟儿唱的调子格外凄凉。

太阳啊，生命之火底太阳！
但是谁不知你是球东半底情热，
同时又是球西半底智光？

太阳啊，也是我家乡底太阳！
此刻我回不了我往日的家乡，
便认你为家乡也还得失相偿。

太阳啊，慈光普照的太阳！

往后我看见你时,就当回家一次;
我的家乡不在地下乃在天上!

忆 菊

——重阳前一日作

插在长颈的虾青瓷的瓶里，
六方的水晶瓶里的菊花，
攒在紫藤仙姑篮里的菊花；
守着酒壶的菊花，
陪着螯盏的菊花；
未放，将放，半放，盛放的菊花。

镶着金边的绛色的鸡爪菊；
粉红色的碎瓣的绣球菊！
懒慵慵的江西腊哟；
倒挂着一饼蜂窠似的黄心，
仿佛是朵紫的向日葵呢。
长瓣抱心，密瓣平顶的菊花；
柔艳的尖瓣攒蕊的白菊
如同美人底拳着的手爪，
拳心里攫着一撮儿金粟。

檐前,阶下,篱畔,圃心底菊花:
霭霭的淡烟笼着的菊花,
丝丝的疏雨洗着的菊花,——
金底黄,玉底白,春酿底绿,秋山底紫,……

剪秋萝似的小红菊花儿;
从鹅绒到古铜色的黄菊;
带紫茎的微绿色的"真菊"
是些小小的玉管儿缀成的,
为的是好让小花神儿
夜里偷去当了笙儿吹着。

大似牡丹的菊王到底奢豪些,
他的枣红色的瓣儿,铠甲似的,
张张都装上银白的里子了;
星星似的小菊花蕾儿
还拥着褐色的萼被睡着觉呢。

啊! 自然美底总收成啊!
我们祖国之秋底杰作啊!
啊! 东方底花,骚人逸士底花呀!
那东方底诗魂陶元亮
不是你的灵魂底化身罢?
那祖国底登高饮酒的重九
不又是你诞生底吉辰吗?

你不像这里的热欲的蔷薇,

那微贱的紫萝兰更比不上你。
你是有历史,有风俗的花。
啊!四千年的华胄底名花呀!
你有高超的历史,你有逸雅的风俗!

啊!诗人底花呀!我想起你,
我的心也开成顷刻之花,
灿烂的如同你的一样;
我想起你同我的家乡,
我们的庄严灿烂的祖国,
我的希望之花又开得同你一样。

习习的秋风啊!吹着,吹着!
我要赞美我祖国底花!
我要赞美我如花的祖国!
请将我的字吹成一簇鲜花,
金底黄,玉底白,春酿底绿,秋山底紫,……
然后又统统吹散,吹得落英缤纷,
弥漫了高天,铺遍了大地!

秋风啊!习习的秋风啊!
我要赞美我祖国底花!
我要赞美我如花的祖国!

秋 色

——芝加哥洁阁森公园里

诗情也似并刀快，
剪得秋光入卷来。

——陆游

紫得像葡萄似的涧水
翻起了一层层金色的鲤鱼鳞。

几片剪形的枫叶，
仿佛朱砂色的燕子，
颠斜地在水面上
旋着，掠着，翻着，低昂着……

肥厚得熊掌似的
棕黄色的大橡叶，
在绿茵上狼藉着。
松鼠们张张慌慌地
在叶间爬出爬进，

搜猎着他们来冬底粮食。

成了年的栗叶
向西风抱怨了一夜，
终于得了自由，
红着干燥的脸儿，
笑嬉嬉地辞了故枝。

白鸽子,花鸽子,
红眼的银灰色的鸽子,
乌鸦似的黑鸽子,
背上闪着紫的绿的金光——
倦飞的众鸽子在阶下集齐了,
都将喙子插在翅膀里,
寂静悄静地打盹了。

水似的空气泛滥了宇宙;
三五个活泼泼的小孩,
(披着橘红的黄的黑的毛绒衫)
在丁香丛里穿着,
好像戏着浮萍的金鱼儿呢。

是黄浦江上林立的帆樯?
这数不清的削瘦的白杨
只竖在石青的天空里发呆。

倜傥的绿杨像位豪贵的公子,

裹着件平金的绣蟒，
一只手叉着腰身，
照着心烦的碧玉池，
玩媚着自身的模样儿。

凭在十二曲的水晶栏上，
晨曦瞅着世界微笑了，
笑出金子来了——
黄金笑在槐树上，
赤金笑在橡树上，
白金笑在白松皮上。

哦，这些树不是树了！
是些绚缦的祥云——
琥珀的云，玛瑙的云，
灵风扇着，旭日射着的云。

哦！这些树不是树了，
是百宝玲珑的祥云。

哦，这些树不是树了，
是紫禁城里的宫阙——
黄的琉璃瓦，
绿的琉璃瓦；
楼上起楼，阁外架阁……
小鸟唱着银声的歌儿，
是殿角的风铃底共鸣。

哦！这些树不是树了，
是金碧辉煌的帝京。

啊！斑斓的秋树啊！
陵阳公样的瑞锦，
土耳基底地毡，
Notre Dame① 底蔷薇窗，
Fra Angelico② 底天使画
都不及你这色彩鲜明哦！

啊！斑斓的秋树啊！
我羡煞你们这浪漫的世界，
这波希米亚的生活！
我羡煞你们的色彩！

哦！我要请天孙织件锦袍，
给我穿着你的色彩！
我要从葡萄，橘子，高粱……里
把你榨出来，喝着你的色彩！
我要借义山济慈底诗
唱着你的色彩！
在蒲寄尼底 La Boheme③ 里，
在七宝烧的博山炉里，
我还要听着你的色彩，

---

① Notre Dame，即巴黎圣母院。
② Fra Angelico，即弗拉·安吉利柯，意大利文艺复兴时期画家。
③ La Boheme，即经典歌剧《波希米亚》。

嗅着你的色彩!

哦!我要过个色彩的生活,
和这斑斓的秋树一般!

秋 深 了

秋深了,人病了。
人敌不住秋了;
镇日拥着件大氅,
像只煨灶的猫,
蜷在摇椅上摇……摇……摇……
想着祖国,
想着家庭,
想着母校,
想着故人,
想着不胜想,不堪想的胜境良朝。

春底荣华逝了,
夏底荣华逝了;
秋在对面嵌白框窗子的
金字塔似的木板房子檐下,
抱着香黄色的破头帕,
追想春夏已逝的荣华;
想的伤心时,

飒飒地洒下几点黄金泪。

啊！秋是追想底时期！
秋是堕泪底时期！

废　园

一只落魄的蜜蜂，
像个沿门托钵的病僧，
游到被秋雨踢倒了的
一堆烂纸似的鸡冠花上，
闻了一闻，马上飞走了。

啊！零落底悲哀哟！
是蜂底悲哀？是花底悲哀？

色　彩

生命是张没价值的白纸，
自从绿给了我发展，
红给了我情热，
黄教我以忠义，
蓝教我以高洁，
粉红赐我以希望，
灰白赠我以悲哀；
再完成这帧彩图，
黑还要加我以死。
从此以后，
我便溺爱于我的生命，
因为我爱他的色彩。

收　回

那一天只要命运肯放我们走！
不要怕；虽然得走过一个黑洞，
你大胆的走；让我掇着你的手；
也不用问那里来的一阵阴风。

只记住了我今天的话，留心那
一掬温存，几朵吻，留心那几炷笑，
都给拾起来，没有差；——记住我的话，
拾起来，还有珊瑚色的一串心跳。

可怜今天苦了你——心渴望着心——
那时候该让你拾，拾一个痛快，
拾起我们今天损失了的黄金。
那斑斓的残瓣，都是我们的爱，
拾起来，戴上。
　　　　　　你戴着爱的圆光，
我们再走，管他是地狱，是天堂！

"你指着太阳起誓"

你指着太阳起誓,叫天边的寒雁①
说你的忠贞。好了,我完全相信你,
甚至热情开出泪花,我也不诧异。
只是你要说什么海枯,什么石烂……
那便笑得死我。这一口气的工夫
还不够我陶醉的? 还说什么"永久"?
爱,你知道我只有一口气的贪图,
快来箍紧我的心,快! 啊,你走,你走……

我早算就了你那一手——也不是变卦——
"永久"早许给了别人,秕糠是我的份,
别人得的才是你的菁华——不坏的千春。
你不信? 假如一天死神拿出你的花押,
你走不走? 去去! 去恋着他的怀抱,
跟他去讲那海枯石烂不变的贞操!

---

① "寒雁",有的版本作"凫雁"。

你莫怨我

你莫怨我！
这原来不算什么，
人生是萍水相逢，
让他萍水样错过。
你莫怨我！

你莫问我！
泪珠在眼边等着，
只须你说一句话，
一句话便会碰落，
你莫问我！

你莫惹我！
不要想灰上点火。
我的心早累倒了，
最好是让它睡着，
你莫惹我！

你莫碰我！
你想什么,想什么？
我们是萍水相逢,
应得轻轻错过。
　　你莫碰我！

　　你莫管我！
从今加上一把锁；
再不要敲错了门,
今回算我撞的祸,
　　你莫管我！

你　看

你看太阳像眠后的春蚕一样，
镇日吐不尽黄丝似的光芒；
你看负暄的红襟在电杆梢上，
酣眠的锦鸭泊在老柳根旁。

你眼前又陈列着青春的宝藏，
朋友们，请就在这眼前欣赏；
你有眼睛请再看青山的峦嶂，
但莫向那山外探望你的家乡。

你听听那枝头颂春的梅花雀，
你得揩干眼泪和他一只歌。
朋友，乡愁最是个无情的恶魔，
他能教你眼前的春光变作沙漠。

你看春风解放了冰镇的寒溪，
半溪白齿琮琮的漱着涟漪，
细草又织就了釉釉的绿意，

白杨枝上招展着幺小的银旗。

朋友们,等你看到了故乡的春,
怕不要老尽春光老尽了人?
呵,不要探望你的家乡,朋友们,
家乡是个贼,他能偷去你的心!

忘 掉 她

忘掉她,像一朵忘掉的花,——
　那朝霞在花瓣上,
　那花心的一缕香——
忘掉她,像一朵忘掉的花!

忘掉她,像一朵忘掉的花!
　像春风里一出梦,
　像梦里的一声钟,
忘掉她,像一朵忘掉的花!

忘掉她,像一朵忘掉的花!
　听蟋蟀唱得多好,
　看墓草长得多高;
忘掉她,像一朵忘掉的花!

忘掉她,像一朵忘掉的花!
　她已经忘记了你,
　她什么都记不起;

忘掉她，像一朵忘掉的花！

忘掉她，像一朵忘掉的花！
　　年华那朋友真好，
　　他明天就教你老；
忘掉她，像一朵忘掉的花！

忘掉她，像一朵忘掉的花！
　　如果是有人要问，
　　就说没有那个人；
忘掉她，像一朵忘掉的花！

忘掉她，像一朵忘掉的花！
　　像春风里一出梦，
　　像梦里的一声钟，
忘掉她，像一朵忘掉的花！

死　水

这是一沟绝望的死水，
清风吹不起半点漪沦。
不如多扔些破铜烂铁，
爽性泼你的剩菜残羹。

也许铜的要绿成翡翠，
铁罐上锈出几瓣桃花；
再让油腻织一层罗绮，
霉菌给他蒸出些云霞。

让死水酵成一沟绿酒，
飘满了珍珠似的白沫；
小珠们笑声变成大珠①，
又被偷酒的花蚊咬破。

---

① 此句有的版本作"小珠笑一声变成大珠"。

那么一沟绝望的死水①，
也就夸得上几分鲜明。
如果青蛙耐不住寂寞，
又算死水叫出了歌声。

这是一沟绝望的死水，
这里断不是美的所在，
不如让给丑恶来开垦，
看他造出个什么世界。

---

① 此句有的版本作"绝望的一沟死水"。

春　光

静得像入定了的一般，那天竹，
那天竹上密叶遮不住的珊瑚；
那碧桃；在朝暾里运气的麻雀。
春光从一张张的绿叶上爬过。
蓦地一道阳光晃过我的眼前，
我眼睛里飞出了万只的金箭，
我耳边又谣传着翅膀的摩声，
仿佛有一群天使在空中逻巡……

忽地深巷里迸出了一声清籁：
"可怜可怜我这瞎子，老爷太太！"

我 要 回 来

我要回来，
乘你的拳头像兰花未放，
乘你的柔发和柔丝一样，
乘你的眼睛里燃着灵光，
我要回来。

我没回来，
乘你的脚步像风中荡桨，
乘你的心灵像痴蝇打窗，
乘你笑声里有银的铃铛，
我没回来。

我该回来，
乘你的眼睛里一阵昏迷，
乘一口阴风把残灯吹熄，
乘一只冷手来掇走了你，
我该回来。

我回来了，
乘流萤打着灯笼照着你，
乘你的耳边悲啼着莎鸡，
乘你睡着了，含一口沙泥，
我回来了。

静　夜^①

这灯光，这灯光漂白了的四壁；
这贤良的棹椅，朋友似的亲密；
这古书的纸香一阵阵的袭来；
要好的茶杯贞女一般的洁白；
受哺的小儿喽呀在母亲怀里，
鼾声报道我大儿康健的消息……
这神秘的静夜，这浑圆的和平，
我喉咙里颤动着感谢的歌声。
但是歌声马上又变成了诅咒，
静夜！我不能，不能受你的贿赂。
谁希罕你这墙内尺方的和平！
我的世界还有更辽阔的边境。
这四墙既隔不断战争的喧嚣，
你有什么方法禁止我的心跳？
最好是让这口里塞满了沙泥，

---

① 诗集《死水》中，本诗原题为《心跳》。1948 年收入《闻一多全集》时，改题为《静夜》，并注："据先生选诗订正本改。"

如其它只会唱着个人的休戚！
最好是让这头颅给田鼠掘洞，
让这一团血肉也去喂着尸虫。
如果只是为了一杯酒，一本诗，
静夜里钟摆摇来的一片闲适，
就听不见了你们四邻的呻吟，
看不见寡妇孤儿抖颤的身影，
战壕里的痉挛，疯人咬着病榻，
和各种惨剧在生活的磨子下。
幸福！我如今不能受你的私贿，
我的世界不在这尺方的墙内。
听！又是一阵炮声，死神在咆哮。
静夜！你如何能禁止我的心跳？

一 个 观 念

你隽永的神秘,你美丽的谎,
你倔强的质问,你一道金光,
一点儿亲密的意义,一股火,
一缕缥缈的呼声,你是什么?
我不疑,这因缘一点也不假,
我知道海洋不骗他的浪花。
既然是节奏,就不该抱怨歌。
啊,横暴的威灵,你降伏了我,
你降伏了我! 你绚缦的长虹——
五千多年的记忆,你不要动,
如今我只问怎样抱得紧你……
你是那样的横蛮,那样美丽!

发 现

我来了，我喊一声，迸着血泪，
"这不是我的中华，不对，不对！"
我来了，因为我听见你叫我；
鞭着时间的罡风，擎一把火，
我来了，不知道是一场空喜。
我会见的是噩梦，那里是你？
那是恐怖，是噩梦挂着悬崖，
那不是你，那不是我的心爱！
我追问青天，逼迫八面的风，
我问，（拳头擂着大地的赤胸，）
总问不出消息；我哭着叫你，
呕出一颗心来，——在我心里！

祈　祷

请告诉我谁是中国人，
启示我，如何把记忆抱紧；
请告诉我这民族的伟大，
轻轻的告诉我，不要喧哗！

请告诉我谁是中国人，
谁的心里有尧舜的心，
谁的血是荆轲聂政的血，
谁是神农黄帝的遗孽。

告诉我那智慧来得离奇，
说是河马献来的馈礼；
还告诉我这歌声的节奏，
原是九苞凤凰的传授。

谁告诉我戈壁的沉默，
和五岳的庄严？又告诉我
泰山的石溜还滴着忍耐，

大江黄河又流着和谐?

再告诉我,那一滴清泪
是孔子吊唁死麟的伤悲?
那狂笑也得告诉我才好,——
庄周,淳于髡,东方朔的笑。

请告诉我谁是中国人,
启示我,如何把记忆抱紧;
请告诉我这民族的伟大,
轻轻的告诉我,不要喧哗!

一 句 话

有一句话说出就是祸，
有一句话能点得着火。
别看五千年没有说破，
你猜得透火山的缄默？
说不定是突然着了魔，
突然青天里一个霹雳
　　爆一声：
　　"咱们的中国！"

这话叫我今天怎么说？
你不信铁树开花也可，
那么有一句话你听着：
等火山忍不住了缄默，
不要发抖，伸舌头，顿脚，
等到青天里一个霹雳
　　爆一声：
　　"咱们的中国！"

荒　村

……临淮关梁园镇间一百八十里之距离,已完全断绝人烟。汽车道两旁之村庄,所有居民,逃避一空。农民之家具木器,均以绳相连,沉于附近水塘稻田中,以避火焚。门窗俱无,中以棺材或石堵塞。一至夜间,则灯火全无。鸡犬豕等觅食野间,亦无人看守。而间有玫瑰芍药犹墙隅自开。新出稻秧,翠蔼宜人。草木无知,其斯之谓欤?

——民国十六年五月十九日《新闻报》

他们都上那里去了? 怎么
虾蟆蹲在甑上,水瓢里开白莲;
桌椅板凳在田里堰里飘着;
蜘蛛的绳桥从东屋往西屋牵?
门框里嵌棺材,窗棂里镶石块!
这景象是多么古怪多么惨!
镰刀让它锈着快锈成了泥,
抛着整个的鱼网在灰堆里烂。

天呀！这样的村庄都留不住他们！
玫瑰开不完，荷叶长成了伞；
秧针这样尖，湖水这样绿，
天这样青，鸟声像露珠样圆。
这秧是怎样绿的，花儿谁叫红的？
这泥里和着谁的血，谁的汗？
去得这样的坚决，这样的脱洒，
可有什么苦衷，许了什么心愿？
如今可有人告诉他们：这里
猪在大路上游，鸭往猪群里攒，
雄鸡踏翻了芍药，牛吃了菜——
告诉他们太阳落了，牛羊不下山，
一个个的黑影在岗上等着，
四合的峦嶂龙蛇虎豹一般，
它们望一望，打了一个寒噤，
大家低下头来，再也不敢看；
（这也得告诉他们）它们想起往常
暮寒深了，白杨在风里颤，
那时只要站在山头嚷一句，
山路太险了，还有主人来搀；
然后笛声送它们踏进栏门里，
那稻草多么香，屋子多么暖！
它们想到这里，滚下了一滴热泪，
大家挤作一堆，脸偎着脸……
去！去告诉它们主人，告诉他们，
什么都告诉他们，什么也不要瞒！
叫他们回来！叫他们回来！

问他们怎么自己的牲口都不管？
他们不知道牲口是和小儿一样吗？
可怜的畜生它们多么没有胆！
喂！你报信的人也上那里去了？
快去告诉他们——告诉王家老三，
告诉周大和他们兄弟八个，
告诉临淮关一带的庄稼汉，
还告诉那红脸的铁匠老李，
告诉独眼龙，告诉徐半仙，
告诉黄大娘和满村庄的妇女——
告诉他们这许多的事，一件一件。
叫他们回来，叫他们回来！
这景象是多么古怪多么惨！
天呀！这样的村庄留不住他们；
这样一个桃源，瞧不见人烟！

罪　过

老头儿和担子摔一交，
满地是白杏儿红樱桃。
老头儿爬起来直哆嗦，
"我知道我今日的罪过！"
"手破了，老头儿你瞧瞧。"
"唉！都给压碎了，好樱桃！"
"老头儿你别是病了罢？
你怎么直楞着不说话？"
"我知道我今日的罪过，
一早起我儿子直催我。
我儿子躺在床上发狠，
他骂我怎么还不出城。"

"我知道今日个不早了，
没想到一下子睡着了。
这叫我怎么办，怎么办？
回头一家人怎么吃饭？"
老头儿拾起来又掉了，
满地是白杏儿红樱桃。

闻一多先生的书桌

忽然一切的静物都讲话了，
　　忽然间书桌上怨声腾沸：
墨盒呻吟道"我渴得要死！"
　　字典喊雨水渍湿了他的背；

信笺忙叫道弯痛了他的腰；
　　钢笔说烟灰闭塞了他的嘴；
毛笔讲火柴烧秃了他的须，
　　铅笔抱怨牙刷压了他的腿；

香炉咕喽着"这些野蛮的书
　　早晚定规要把你挤倒了！"
大钢表叹息快睡锈了骨头；
　　"风来了！风来了！"稿纸都叫了；

笔洗说他分明是盛水的，
　　怎么吃得惯臭辣的雪茄灰；
桌子怨一年洗不上两回澡，

墨水壶说"我两天给你洗一回。"

"什么主人？谁是我们的主人？"
一切的静物都同声骂道，
"生活若果是这般的狼狈，
倒还不如没有生活的好！"

主人咬着烟斗迷迷的笑，
　"一切的众生应该各安其位。
我何曾有意的糟蹋你们，
　秩序不在我的能力之内。"

笑

朝日里的秋忍不住笑了——
笑出金子来了——
黄金笑在槐树上，
赤金笑在橡树上，
白金笑在白皮树上。

硕健的杨树，
裹着件拼金的绿衫，
一只手叉着腰，
守在池边微笑；
矮小的丁香
躲在墙脚下微笑。

白杨笑完了，
只孤零零地：
竖在石青色的天空里发呆。

成年了的标叶①，
向西风抱怨了一夜，
终于得了自由，
红着脸儿，
笑嬉嬉地脱离了故枝。

---

① "标叶"当为"栗叶"之误。

七 子 之 歌

　　邶有七子之母不安其室。七子自怨自艾,冀以回其母心。诗人作《凯风》以愍之。吾国自《尼布楚条约》迄旅大之租让,先后丧失之土地,失养于祖国,受虐于异类,臆其悲哀之情,盖有甚于《凯风》之七子。因择其与中华关系最亲切者七地,为作歌各一章,以抒其孤苦亡告,眷怀祖国之哀忱,亦以励国人之奋兴云尔。国疆崩丧,积日既久,国人视之漠然。不见夫法兰西之 Alsace-Lorraine① 耶?"精诚所至,金石能开。"诚如斯,中华"七子"之归来其在旦夕乎!

　　　　（澳门）
　　　　你可知"妈港"不是我的真名姓?……
　　　　我离开你的襁褓太久了,母亲!
　　　　但是他们掳去的是我的肉体,
　　　　你依然保管着我内心的灵魂。
　　　　三百年来梦寐不忘的生母啊!

---

　① 　Alsace-Lorraine,即法国的阿尔萨斯-洛林地区。

请叫儿的乳名,叫我一声"澳门"!
　　母亲! 我要回来,母亲!

(香港)
我好比凤阙阶前守夜的黄豹,
母亲呀,我身份虽微,地位险要。
如今狰恶的海狮扑在我身上,
啖着我的骨肉,咽着我的脂膏;
母亲呀,我哭泣号啕,呼你不膺。
母亲呀,快让我躲入你的怀抱!
　　母亲! 我要回来,母亲!

(台湾)
我们是东海捧出的真珠一串,
琉球是我的群弟我就是台湾。
我胸中还氤氲着郑氏的英魂,
精忠的赤血点染了我的家传。
母亲! 酷炎的夏日要晒死我了;
赐我个号令,我还能背城一战。
　　母亲! 我要回来,母亲!

(威海卫)
再让我看守着中华最古的海,
这边岸上原有圣人的丘陵在。
母亲,莫忘了我是防海的健将,
我有一座刘公岛作我的盾牌。
快救我回来呀! 时期已经到了。

我背后葬的尽是圣人的遗骸！

　　母亲！我要回来，母亲！

（广州湾）

东海和硇洲是我的一双管钥，

我是神州后门上的一把铁锁。

你为什么把我借给一个盗贼？

母亲呀，你千万不该抛弃了我！

母亲，让我快回到你的膝前来，

我要紧紧的拥抱着你的脚髁。

　　母亲！我要回来，母亲！

（九龙）

我的胞兄香港在诉他的苦痛，

母亲呀，可记得你的幼女九龙？

自从我下嫁给那镇海的魔王，

我何曾有一天不在泪涛汹涌！

母亲，我天天数着归宁的吉日，

我只怕希望要变作一场空梦。

　　母亲！我要回来，母亲！

（旅顺，大连）

我们是旅顺，大连，孪生的兄弟。

我们的命运应该如何的比拟？——

两个强邻将我们来回的蹂躏，

我们是暴徒脚下的两团烂泥。

母亲，归期到了，快领我们回来。

你不知道儿们如何的想念你!

母亲! 我们要回来,母亲!

长城下之哀歌

啊！五千年文化底纪念碑哟！
伟大的民族底伟大的标帜！……
哦，那里是赛可罗坡底石城？
那里是贝比楼？那里是伽勒寺？
这都是被时间蠹蚀了的名词；
长城！肃杀的时间还伤不了你。

长城啊！你又是旧中华底墓碑，
我是这墓中的一个孤鬼——
我坐在墓上痛哭，哭到地裂天开，
可才能找见旧中华底灵魂，
并同我自己的灵魂之所在？……
长城啊！你原是旧中华底墓碑！

长城啊！老而不死的长城啊！
你还守着那九曲的黄河吗？
你可听见他那消沉的脉搏？
你的同僚怕不就是那金字塔？

金字塔,他虽守不住他的山河,
长城啊! 你可守得住你的文化!

你是一条身长万里的苍龙,
你送帝轩辕升天去回来了,
偃卧在这里,头枕沧海,尾蹑昆仑,
你偃卧在这里看护他的子孙。
长城啊! 你可尽了你的责任?
怎么黄帝的子孙终于"披发左衽!"

你又是一座曲折的绣屏:
我们在屏后的华堂上宴饮——
日月是我们的两柱纱灯,
海水天风和着我们高咏,
直到时间也为我们驻辔流连,
我们便挽住了时间放怀酣寝。

长城! 你为我们的睡眠担当保障;
待我们睡锈了我们的筋骨,
待我们睡忘了我们的理想,
流贼们忽都爬过我们的围屏,
我们那能御抗? 我们只得投降,
我们只得归附了狐群狗党。

长城啊! 你何曾隔阂了匈奴,吐蕃?
你又何曾障阻了辽,金,金,满?……
古来只有塞下的雪没马蹄,

古来只有塞上的烽烟云卷，
古来还有胡骢载着一个佳人，
抱着琵琶饮泣，驰出了玉关！……

唉！何须追忆得昨日的辛酸！
昨日的辛酸怎比今朝的劫数？
昨日的敌人是可汗，是单于，
都幸而闯入了我们的门庭，
洗尽腥膻，攀上了文明的坛府，——
昨日的敌人还是我们的同族。

但是今日的敌人，今日的敌人，
是天灾？是人祸？是魔术？是妖氛？
哦，铜筋铁骨，嚼火漱雾的怪物，
运输着罪孽，散播着战争，……
哦，怕不要扑熄了我们的日月，
怕不要捣毁了我们乾坤！

啊！从今那有珠帘半卷的高楼，
镇日里睡鸭焚香，龙头泻酒，
自然歌稳了太平，舞清了宇宙？
从今那有石坛丹灶的道院，
一树的碧阴，满庭的红日，——
童子煎茶，烧着了枯藤一束？

那有窗外的一树寒梅，万竿斜竹，
窗里的幽人抚着焦桐独奏？

再那有荷锄的农夫踏着夕阳，
歌声响在山前，人影没入山后？
又那有柳荫下系着的渔舟，
和细雨斜风催不回去的渔叟？

哦，从今只有暗无天日的绝壑，
装满了么小微茫的生命，
像黑蚁一般的，东西驰骋，——
从今只有半死的囚奴，鹄面鸠形，
抱着金子从矿坑里爬上来，
给吃人的大王们献寿谢恩。

从今只有数不清的烟突，
仿佛昂头的毒蟒在天边等候，
又像是无数惊恐的恶魔，
伸起了巨手千只，向天求救；
从今瞥着万只眼睛的街市上，
骷髅拜骷髅，骷髅赶着骷髅走。

啊！你们夸道未来的中华，
就夸道万里的秦岭蜀山，
剖开腹脏，泻着黄金，泻着宝钻；
夸道我们铁路络绎的版图，
就像是网脉式的楮叶一片，
停泊在太平洋底白浪之间。

又夸道麇载归来的战舰商轮，

载着金的,银的,形形色色的货币,
镌着英皇乔治,美总统林肯,
各国元首底肖像,各国底国名;
夸道西欧底海狮,北美底苍隼,
俯首锻翮,都在上国之前请命。

你们夸道东方的日耳曼,
你们夸道又一个黄种的英伦,——
哈哈!夸道四千年文明神圣,
俛首帖耳的堕入狗党狐群!
啊!新的中华吗?假的中华哟!
同胞啊!你们才是自欺欺人!

哦,鸿荒的远祖——神农,黄帝!
哦,先秦的圣哲——老聃,宣尼!
吟着美人香草的爱国诗人!
饿死西山和悲歌易水的壮士!
哦,二十四史里一切的英灵!
起来呀,起来呀,请都兴起,——

请鉴察我的悲哀,做我的质证,
请来看看这明日的中华——
庶祖列宗啊!我要请问你们:
这纷纷的四万万走肉行尸,
你们还相信是你们的血裔?
你们还相信是你们的子孙?

神灵的祖宗啊！事到如今，
我当怨你们筑起这各种城寨，
把城内文化底种子关起了，
不许他们自由飘播到城外，
早些将礼义底花儿开遍四邻，
如今反教野蛮底荆棘侵进城来。

我又不懂这造物之主底用心，
为何那里摊着荒绝的戈壁，
这里架起一道横天的葱岭，
那里又停着浩荡的海洋，
中间藏着一座蓬莱仙境，
四周围又堆伏着魑魅猩猩？

最善哭的太平洋！只你那容积，
才容得下我这些澎湃的悲思。
最宏伟,最沉雄的哀哭者哟！
请和着我放声号咷地哭泣！
哭着那不可思议的命运，
哭着那亘古不灭的天理——

哭着宇宙之间必老的青春，
哭着有史以来必散的盛筵，
哭着我们中华的庄严灿烂，
也将永远永远地烟消云散。
哭啊！最宏伟,最沉雄的太平洋！
我们的哀痛几时方能哭完？

啊！在麦垅中悲歌的帝子！
春水流愁，眼泪洗面的降君！
历代最伤心的孤臣节士！
古来最善哭的胜国遗民！
不用悲伤了，不用悲伤了，
你们的丧失究竟轻微得很。

你们的悲哀算得了些什么？
我的悲哀是你们的悲哀之总和。
啊！不料中华最末次的灭亡，
黄帝子孙最澈底的堕落，
毕竟要实现于此日今时，
毕竟在我自己的眼前经过，

哦，好肃杀，好尖峭的冰风啊！
走到末路的太阳，你竟这般沮丧！
我们中华底名字镌在你身上；
太阳，你将被这冰风吹得冰化，
中华底名字也将冰得同你一样？
看啊！猖獗的冰风！狼狈的太阳！

哦，你一只大雕，你从那里来的？
你在这铅铁的天空里盘飞；
这八达岭也要被你占了去，
筑起你的窠巢，蕃殖你的族类？
圣德的凤凰啊！你如何不来，

竟让这神州成了恶鸟底世界？

雹雪重载的冻云来自天涯，
推揎着，摩擦着，在九霄争路，
好像一群激战的天狼互相鏖杀
哦，冻云涨了，滚落在居庸关下，
苍白的冻云之海弥漫了四野，——
哎呀！神州啊！你竟陆沉了吗？

长城啊！让我把你也来撞倒，
你我都是赘疣，有些什么难舍？
哦，悲壮的角声，送葬的角声，——
画角啊！不要哀伤，也不要诅骂！
我来自虚无，还向虚无归去，
这堕落的假中华不是我的家！

爱 国 的 心

我心头有一幅旌旆
没有风时自然摇摆；
我这幅抖颤的心旌
上面有五样的色彩。

这心腹里海棠叶形
是中华版图底缩本；
谁能偷去伊的版图？
谁能偷得去我的心？

故 乡

先生，先生，你到底要上那里去？
你这样的匆忙，你可有什么事？

我要看还有没有我的家乡在；
我要走了，我要回到望天湖边去。
我要访问如今那里还有没有
白波翻在湖中心，绿波翻在秧田里，
有没有麻雀在水竹枝头耍武艺。

先生，先生，世界是这样的新奇；
你不在这里遨游，偏要那里去？

我要探访我的家乡，我有我的心事：
我要看孵卵的秧鸡可在秧林里，
泥上可还有鸽子的脚儿印"个"字，
神山上的白云一分钟里变几次，
可还有燕儿飞到人家堂上来报喜。

先生，先生，我劝你不要回家去；
世间只有远游的生活是自由的。

游子的心是风霜剥蚀的残碑，
碑上已经漶漫了家乡的字迹，……
哦，我要回家去，我要赶紧回家去
我要听门外的水车终日作鼍鸣，
再将家乡的音乐收入心房里。

先生，先生，你为什么要回家去？
世上有的是荣华，有的是智慧。

你不知道故乡有一只可爱的湖，
常年总有半边青天浸在湖水里。
湖岸上有兔儿在黄昏里觅粮食，
还有见了兔儿不要追的狗子——
我要看如今还有没有这种事。

先生，先生，我越加不能懂你了，
你到底，到底为什么要回家去？

我要看家乡的菱角还长几根刺，
我要看那里一根藕里还有几根丝。
我要看家乡还认识不认识我——
我要看坟山上添了几块新碑石，
我家后园里可还有开花的竹子①。

---

① 俗称竹子开花是凶事的兆联。——作者原注

回 来 了

这真是说不出的悲喜交集——
滚滚的江涛向我迎来，
然后这里是青山，那里是绿水……
我又投入了祖国的慈怀！

你莫告诉我这里是遍体疮痍，
你没听见麦浪翻得沙沙响？
这才是我的家乡我的祖国：
打盹的雀儿钉在牛背上。

祖国啊！今天我分外的爱你……
风呀你莫吹，浪呀你莫涌，
让我镇定一会儿，镇定一会儿；
我的心儿他如此的怔忡！

你看江水俨然金一般的黄，
千樯的倒影蠕在微澜里。
这是我的祖国，这是我的家乡，
别的且都不必提起。

今天风呀你莫吹,浪呀你莫涌。
我是刚才刚才回到家。
祖国呀,今天我们要分外亲热;
请你有泪儿今天莫要洒。

这真是说不出的悲喜交集;
我又投入了祖国的慈怀。
你看船边飞着簸谷似的浪花,
天上飘来仙鹤般的云彩。

抱　怨

我拈起笔来在手中玩弄，
空中便飞来了一排韵脚；
我不知如何的摆布他们，
只希望能写出一些快乐。
我听见你在窗前咳嗽，
不由的写成了一首悲歌。

上帝将要写我的生传；
展开了我的生命之纸，
不知要写些什么东西，
许是灾殃，也许是喜事。
你硬要加入你的姓名，
他便写成了一篇痛史。

唁　词

——纪念三月十八日的惨剧

没有什么！父母们都不要号咷！
兄弟们,姊妹们也都用不着悲恸!
这青春的赤血再宝贵也没有了,
盛着他固然是好,泼掉了更有用。

要血是要他红,要血是要他热;
那脏完了,冷透了的东西谁要他?
不要愤嫉,父母,兄弟和姊妹们!
等着看这红热的开成绚烂的花。

感谢你们,这么样丰厚的仪程!
这多年的宠爱,矜怜,辛苦和希望。
如今请将这一切的交给我们,
我们要永远悬他在日月的边旁。

这最末的哀痛请也不要吝惜。
(这一阵哀痛可磔碎了你们的心!)
但是这哀痛的波动却没有完,

他要在四万万颗心上永远翻腾。

哀恸要永远咬住四万万颗心，
那么这哀痛便是忏悔，便是惕警。
还要把馨香缭绕，俎豆来供奉！
哀痛是我们的启示，我们的光明。

鸟　语

——送有人南归

他们把我关在囚笼里，
可是这囚笼没有墙壁：——
削瘦的栏杆围在四旁，
一根根都像白骨一样。

这些栏杆中间的罅缝，
不知道到底有什么用：
为他们好看我的羽翰，
还是让我好望见青天？

也许是仙鹤似的白云，
驶过了蓝宝石的天心，
也许是白云似的仙鹤，
从赤日的轮盘边晃过。

天上既有飞动的东西，
我怎当辜负我的羽翼？
你看我也打破了监牢；

我原是一只能飞的鸟！

于今回到了我的家乡，
我也该晾晾我的翅膀，……
吓！这根柳条真个轻软，
这满塘春水明镜一般。

江南的山林幽深得很，
山上的白云分外氤氲：
明朝你听见歌声如缕，
你怎知道我身在何处！

回　来

我急忙的闯进门来，喘着气，
打好了一盆水，一壶滚茶，
种种优渥的犒劳，都在那里：
我要把一天的疲乏交给她。
我载着满心的希望走回来，
那晓得一开门，满都是寂静——
什么都没变，夕阳绕进了书斋，
一切都不错，只没她的踪影。

出门了？怎么？……这样的凑巧？
出门了，准是的！可是那顷刻，
那彷徨的顷刻，我已经尝到
生与死间的距离，无边的萧瑟：
恐怖我也认识了，还有凄惶，
我认识了孤臣孽子的绝望。

奇　迹

我要的本不是火齐的红,或半夜里
桃花潭水的黑,也不是琵琶的幽怨,
蔷薇的香;我不曾真心爱过文豹的矜严,
我要的婉娈也不是任何白鸽所有的。
我要的本不是这些,而是这些的结晶,
比这一切更神奇得万倍的一个奇迹!
可是,这灵魂是真饿得慌,我又不能
让他缺着供养;那么,即便是秕糠,
你也得募化不是? 天知道,我不是
甘心如此,我并非倔强,亦不是愚蠢,
我是等你不及,等不及奇迹的来临!
我不敢让灵魂缺着供养。　谁不知道
一树蝉鸣,一壶浊酒,算得了什么?
纵提到烟峦,曙壑,或更璀璨的星空,
也只是平凡,最无所谓的平凡,犯得着
惊喜得没主意,喊着最动人的名儿,
恨不得黄金铸字,给妆在一只歌里?
我也说但为一阕莺歌便噙不住眼泪,
那未免太支离,太玄了,简直不值当。

谁晓得,我可不能那样:这心是真
饿得慌,我不得不节省点,把藜藿
当作膏粱。

　　　　　　可也不妨明说,只要你——
只要奇迹露一面,我马上就抛弃平凡,
我再不瞅着一张霜叶梦想春花的艳,
再不浪费这灵魂的膂力,剥开顽石
来诛求碧玉的温润;给我一个奇迹,
我也不再去鞭挞着"丑",逼他要
那份儿背面的意义:实在我早厌恶了
那勾当,那附会也委实是太费解了。
我只要一个明白的字,舍利子似的闪着
宝光;我要的是整个的,正面的美。
我并非倔强,亦不是愚蠢,我不会看见
团扇,悟不起扇后那天仙似的人面。
那么

　　我等着,不管等到多少轮回以后——
既然当初许下心愿时,也不知道是在多少
轮回以前——我等,我不抱怨,只静候着
一个奇迹的来临。　总不能没有那一天,
让雷来劈我,火山来烧,全地狱翻起来
扑我,……害怕吗? 你放心,反正罡风
吹不熄灵魂的灯,情愿蜕壳化成灰烬,
不碍事:因为那——那便是我的一刹那,
一刹那的永恒:——一阵异香,最神秘的
肃静,(日,月,一切星球的旋动早被
喝住,时间也止步了,)最浑圆的和平……
我听见阊阖的户枢豁然一响,紫霄上

传来一片衣裙的绺缫——那便是奇迹——
半启的金扉中，一个戴着圆光的你！

八 教 授 颂^①

新中国的
　　学者，
　　文人，
　　思想家，
一切最可敬佩的二十世纪的经师和人师！
　　为你们的固执，
　　为你们的愚昧，
　　为你们的 Snobbery^②，
　　为你替"死的拉住活的"挽救了五千年文化
　　遗产的丰功伟烈，
请接受我这只海贝，
听！
这里
通过辽远的未来的历史长廊，
大海的波涛在赞美你。

----

① 据范宁先生说，《八教授颂》是闻一多先生的最后一首诗，木应写八首，但只写成
　　一首。这首诗在作者生前未公开发表过。
② Snobbery，势利的态度（或行为）。

（一）政治学家

伊尹

　　吕尚

　　　管仲

　　　　诸葛亮

"这些"，你摇摇头说，

"有经纶而缺乏戏剧性的清风亮节。"

你的目光继续在灰尘中搜索，

你发现了《高士传》：

　　那边，

　　在辽远的那边，

　　　汾河北岸，

　　　　藐姑射之山中，

　　偃卧着四个童颜鹤发的老翁，

　　忽而又飘浮在商山的白云里了，

　　回头却变作一颗客星，

　　给洛阳的钦天监吃了一惊，

　　（赶尽是光武帝的大腿一夜给人压麻了）

　　于是一阵笑声，

　　又隐入七里濑的花丛里去了……

于是你也笑了。

这些独往独来的精神，

我知道，

是你最心爱的，

虽然你心里也有点忧虑……

于是你为你自己身上的

　　　西装裤子的垂直线而苦恼，

然而你终于弃"轩冕"如敝屣了。

你惋惜当今没有唐太宗，
你自己可不屑做魏征。
你明知没有明成祖，
可还要耍一套方孝孺；
　　你强占了危险的尖端，
　　教你的对手捏一把汗。

你是如何爱你的主角（或配角）啊！
在这历史的最后一出"大轴子"里，
你和他——你的对手，
是谁也少不了谁，
　　虽则——
　　不，
　　正因为
在剧情中，
你们是势不两立的——
你们是相得益彰的势不两立。

正如他为爱他自己
而深爱着你，
你也爱你的对手，
为了你真爱你自己。

二千五百年个人英雄主义的幽灵啊！
你带满了一身发散霉味儿的荣誉，
甩着文明杖，

来到这二十世纪四十年代的公园里散步；
你走过的地方，
是一阵阴风；
你的口才——
　那悬河一般倾泻着的通货，
是你的零用钱，
你的零用钱愈花愈有，
　你的通货永远无需兑现。

幽灵啊！
今天公园门口
挂上了"游人止步"的牌子，
（它是几时改作私园的！）
现在
你的零用钱，
即使能兑现，
也没地方用了。

请回吧，
可敬爱的幽灵！
你自有你的安乐乡，
　在藐姑射的烟雾中，
　在商山的白云中，
　在七里濑的水声中，
回去吧，
这也不算败兴而返！

三三（一九四四）年七月一日

沙漠里的星光

劳伦斯·霍普

黄沙万里围着我们的营帐,
　　静夜的天空里燃起了繁星,
沉默中咆哮着寂寞的豺狼,
　　惊醒了倦马长嘶数声。

只三尺的黄沙隔着我们——
　　我们只隔着一层薄薄的营帐;
但是我知道你离我远得很,
　　你仿佛住在极北的远方。

我望着你帐里的灯光暗影,
　　我在我的营帐门前徘徊,探望,
我身中燃烧着饥饿的灵魂,
　　像东方通夜燃着的星光。

我知道你睡时的模样如此:
　　我知道你的脑袋向后仰靠,

你的睡眼蒙眬,你的乱发如丝,
　　你的睫毛映出了黑圈一道。

我听着你那应节的呼吸
　　从微张的弯唇里吐放出来;
只一层帐幕隔着我和你,
　　一层帐幕在风中颤摆。

你睡,我默默的守望你的营帐
　　好像沙漠海上的白帆一匹。
我知道便是这沙漠的宽广
　　也不及你我之间的距离。

你是天空正中的白星一颗,
　　我是低处燃着的红色星球。
我知道我在你心中不算什么,
　　还不及荒沙上哀嗥的野兽。

你睡,你睡,沙漠睡在你的四周,
　　紧张的金星照耀在头上,
我们都睡;你睡到无忧的醒后,
　　我把失恋的悲哀带入梦乡。

像拜风的麦浪

莎拉·蒂斯黛尔

像拜风的麦浪
　　　在海滨的沙地里，
跟着暴风叫唤，
　　　不歇气；

像拜风的麦浪
　　　拜倒了又竖起来，
我的头在苦恼里
　　　也能抬；

轻轻的，整天里，
　　　整夜里，你且听我，
把我的悲哀都
　　　变作歌。

希腊之群岛

拜　伦

希腊之群岛，希腊之群岛！
　　你们那儿莎浮唱过爱情的歌，
那儿萌芽了武术和文教，
　　突兴了菲芭，还崛起了德罗！
如今夏日还给你们镀着金光，
　　恐怕什么都堕落了，除却太阳？

那茜欧的彩笔，梯欧的歌喉，
　　壮士的瑶琴，情人的锦瑟，
给你们赢得了光荣，你们不受，
　　如今你们只是死守着缄默；
你们祖先的英明簸荡在西方，
　　只你们听不见，你们一声不响。

高山望着平原；平原望着海！
　　我在马拉桑的疆场上闲游，
我一面在梦想，一面在徘徊，
　　我梦想着希腊依然享着自由；

因为我脚踏着波斯人的白骨，
　　我不相信我像是一个俘虏。

巉崖的额上坐着一位君王，
　　巉崖的额下便是沙粒米；
千艘的舳舻，横系在下方
　　百译的臣民，都是君王的！
破晓的时分，君王点了卯，
　　等到日落一个也找不着。

那里找他们，又那里去找你，
　　我的祖国呀？这寰的海边上，
那慷慨的歌声是听不着了的，
　　再也不会鼓荡，那慷慨的胸膛！
但是这神圣的瑶琴，你怎么说，
　　难道就让它在我手里堕落？

这总算是难能可贵的事，
　　在如今名节凋丧的残冬！
像我唱着悲歌，脸上还潮着羞耻，
　　纵然是株连在奴隶的族中。
因为到这里，教诗人怎么办？
　　不过为希腊流泪，为希人红脸。

什么？只会为盛时流几行泪？
　　只会红脸？我们的祖宗流过血！
大地呀！请从你胸口里退回，
　　退回我们那志士的遗骸！

三百个斯巴达的健儿,还我
　　三个,我能教射马披离复活!

怎么还没有回话? 都不回话?
　　不见得罢? 听那众鬼的答声
仿佛遥远的波涛奔泻:
　　"只要一个活人抬起头来,一个人,
我们就来,马上就来帮忙!"
　　只有活着的人们一响也不响。

罢了! 罢了! 换一个调子弹弹;
　　快斟上一杯沙蜜的美酒
让突厥的蛮夫夸着血战
　　我们只要葡萄的赤血能流!
听! 这不是贝坎罗的鬼舞巫歌,
　　相应的声音偏是那般踊跃!

辟鲁的名舞依然在风行,
　　那辟鲁的名阵上那里去找?
为什么同样两种的遗训,
　　却把那庄严豪侠的忘掉?
请问伕摩赐给你们的文字,
　　是赐给一群奴隶的不是?

快斟上一杯沙蜜的美酒!
　　再不要想那些伤心的事!
这酒给安勒滋润过歌喉。
　　安勒曾在波理的朝里服仕,

波理克雷诚然是个暴君，
　　那暴君却都是我们的族人。

你可知道那絜爽的霸王，
　　是自由的最相絜的朋友！
最忠实又最勇武的保障。
　　米尔泰亚底便是那王侯。
如今再有他那条铁链存在，
　　定好将希腊再捆锁起来。

快斟上一杯沙蜜的美酒！
　　苏利的山头和巴辩的海岸，
如今还散布着一枝遗胄，
　　多里的苗裔还在那里孳衍；
说不定赫拉可里的遗风，
　　还埋在他们的族中。

不要相信法人能给你自由，
　　他们那国王是一个奸商；
自己的士卒，自己的刀矛，
　　才是自强的唯一希望；
可是突厥的武力，拉丁的贿赂，
　　便再大的盾甲也抵挡不住。

快将沙蜜的美酒斟满一杯！
　　我们的少女又在绿荫中舞唱，
我望见她们眼中的秋水，
　　望见每个娇艳的女郎，我想

那怀里又要哺出一群奴隶，

　　如是我不禁热泪往脸上洗。

放我在苏尼欧的石岩上，

　　那边什么都没有，只海涛和我，

让我对着海涛互相哀唱；

　　让我唱完歌就死，像那天鹅：

这奴隶之邦不是我的家！

　　把沙蜜的酒杯摔破了它！

幽舍的麋鹿

哈 代

今晚有人从外边望进来，
　从窗帘缝里直望；
窗外亮晶晶的满地发白，
今晚有人从外边望进来，
　我们只坐着想，
　靠近那火炉旁。

我们看不见那一双眼睛，
　在窗外的雪地上；
桃色的灯光辉映着我们，
我们看不见那一双眼睛，
　直发楞，闪着光，
　四只脚，跂着望。

山　花①

郝士曼

　　郝士曼写完他的第一部诗集时，准备告一段落（他的第二部——即最末一部集子是二十六年以后才出世的），因此在诗集后，缀上这一首跋尾式的诗，表明他对于自己的作品的估价。他这谦虚的态度是足以显着他的伟大。原诗没有题目，这里用的，是译者擅自加上的。

　　　　　我割下了几束山花，
　　　　　我把它带进了市场，
　　　　　悄悄的又给带回家；
　　　　　论颜色本不算漂亮。

　　　　　因此我就到处种播，
　　　　　让同调的人去寻求，
　　　　　当那花下埋着的我
　　　　　是一具无名的尸首。

---

① 此诗系与饶孟侃合译之作。

有的种子喂了野鸟，
有的让风霜给摧残，
但总有几朵会碰巧
开起来像稀星一般。

年年野外总有得开，
春来了，不幸的人们
也不愁没有得花戴，
虽则我早已是古人。

附录二:诗论

诗 的 格 律

一

假定"游戏本能说"能够充分地解释艺术的起源,我们尽可以拿下棋来比作诗;棋不能废除规矩,诗也就不能废除格律。(格律在这里是 form 的意思。"格律"两个字最近含着了一点坏的意思;但是直译 form 为形体或格式也不妥当。并且我们若是想起 form 和节奏是一种东西,便觉得 form 译作格律是没有什么不妥的了。)假如你拿起棋子来乱摆布一气,完全不依据下棋的规矩进行,看你能不能得到什么趣味?游戏的趣味是要在一种规定的格律之内出奇制胜。做诗的趣味也是一样的。假如诗可以不要格律,做诗岂不比下棋,打球,打麻将还容易些吗?难怪这年头儿的新诗"比雨后的春笋还多些"。我知道这些话准有人不愿意听。但是 Bliss Perry 教授的话来得更古板。他说:"差不多没有诗人承认他们真正给格律缚束住了。他们乐意戴着脚镣跳舞,并且要戴别个诗人的脚镣。"

这一段话传出来,我又断定许多人会跳起来,喊着:"就算它是诗,我不做了行不行?"老实说,我个人的意思以为这种人就不

122

做诗也可以,反正他不打算来戴脚镣,他的诗也就做不到怎样高明的地方去。杜工部有一句经验语很值得我们揣摩的"老去渐于诗律细"。

诗国里的革命家喊道"皈返自然!"其实他们要知道自然界的格律,虽然有些像蛛丝马迹,但是依然可以找得出来。不过自然界的格律不圆满的时候多,所以必须艺术来补充它。这样讲来,绝对的写实主义便是艺术的破产。"自然的终点便是艺术的起点",王尔德说得很对。自然并不尽是美的。自然中有美的时候,是自然类似艺术的时候。最好拿造型艺术来证明这一点。我们常常称赞美的山水,讲它可以入画。的确中国人认为美的山水,是以像不像中国的山水画做标准的。欧洲文艺复兴以前所认为女性的美,从当时的绘画里可以证明,同现代女性美的观念完全不合;但是现代的观念不同希腊的雕像所表现的女性美相符了。这是因为希腊雕像的出土,促成了文艺复兴,文艺复兴以来,艺术描写美人,都拿希腊的雕像做蓝本,因此便改造了欧洲人的女性美的观念。我在赵瓯北的一首诗里发现了同类的见解。

　　　　绝似盆池聚碧屏,嵌空石笋满江湾。
　　　　化工也爱翻新样,反把真山学假山。

这径直是讲自然在模仿艺术了。自然界当然不是绝对没有美的。自然界里面也可以发现出美来,不过那是偶然的事。偶然在言语里发现一点类似诗的节奏,便说言语就是诗,便要打破诗的音节,要它变得和言语一样——这真是诗的自杀政策了。(注意我并不反对用土白做诗,我并且相信土白是我们新诗的领域里,一块非常肥沃的土壤,理由等将来再仔细地讨论。我们现在要注意的只是土白可以"做"诗;这"做"字便说明了土白须要一番锻炼选择的工作然后才能成诗。)诗的所以能激发情感,完全在它的节奏;节奏便是格律。莎士比亚的诗剧里往往遇见情绪紧张到万分的时候,便用韵语来描写。歌德作《浮士德》也曾用同类的手段,在他致席勒的信里并且提到了这一层。韩昌黎"得窄韵则不复傍出,而因难见巧,愈险愈奇……"这样看来,恐怕越有魄力的作家,越是要戴着脚镣跳舞才跳得痛快,跳得好。只有不会跳舞的才怪脚镣碍事,只有不会做诗的才感觉得格律的缚束。对于不会做诗的,格律是表现的障碍物;对于一个作家,格律便成了表现的利器。

又有一种打着浪漫主义的旗帜来向格律下攻击令的人。对于这种人,我只要告诉他们一件事实。如果他们要像现在这样的讲什么浪漫主义,就等于承认他们没有创造文艺的诚意。因为,照他们的成绩看来,他们压根儿就没有注重到文艺的本身,他们的目的只在披露他们自己的原形。顾影自怜的青年们一个个都以为自身的人格是再美没有的,只要把这个赤裸裸的和盘托出,便是艺术的大成功了。你没有听见他们天天唱道"自我的表现"吗?他们确乎只认识了文艺的原料,没有认识那将原料变成文艺所必须的工具。他们用了文字作表现的工具,不过是偶然的事,他们最称心的工作是把所谓"自我"披露出来,是让世界知道"我"也是一个多才多艺,善病工愁的少年;并且在文艺的镜子里照见自己那倜傥的风姿,还带着几滴多情的眼泪,啊!啊!那是多么有趣的事!多么浪漫!不错,他们所谓浪漫主义,正浪漫在这点上,和文艺的派别绝不发生关系。这种人的目的既不在文艺,当然要他们遵从诗的格律来做诗,是绝对办不到的;因为有了格律的范围,他们的诗就根本写不出来了,那岂不失了他们那"风流自赏"的本旨吗?所以严格一点讲起来,这一种伪浪漫派的作品,当它作把戏看可以,当它作西洋镜看也可以,但是万不能当它作诗看。格律不格律,因此就谈不上了。让他们来反对格律,也就没有辩驳的价值了。

上面已经讲了格律就是 form。试问取消了 form,还有没有艺术?上面又讲到格律就是节奏。讲到这一层更可以明了格律的重要;因为世上只有节奏比较简单的散文,决不能有没有节奏的诗。本来诗一向就没有脱离过格律或节奏。这是没有人怀疑过的天经地义。如今却什么天经地义也得有证明才能成立,是不是?但是为什么闹到这种地步呢——人人都相信诗可以废除格律?也许是"安拉基"精神,也许是好时髦的心理,也许是偷懒的心理,也许是藏拙的心理,也许是……那我可不知道了。

二

前面已经稍稍讲了讲诗为什么不当废除格律。现在可以将格律的原质分析一下了。从表面上看来,格律可从两方面讲:(一)属于视觉方面的;(二)属于听觉方面的。这两类其实又当分开来讲,因为它们是息息相关的。譬如属于视觉方面的格律有节的匀称,有句的均齐。属于听觉方面的有格式,有音尺,有平仄,有韵脚;但是没有格式,也就没有节的匀称,没有音尺,也就没有句的均齐。

关于格式、音尺、平仄、韵脚等问题,本刊上已经有饶孟侃先生《论新诗的音节》的两篇文章讨论得很精细了。不过他所讨论的是从听觉方面着眼的。至于视觉方面的两个问题,他却没有提到。当然视觉方面的问题比较占次要的位置。但是在我们中国的文学里,尤其不当忽略视觉一层,因为我们的文字是象形的,我们中国人鉴赏文艺的时候,至少有一半的印象是要靠眼睛来传达的。原来文学本是占时间又占空间的一种艺术。既然占了空间,却又不能在视觉上引起一种具体的印象——这是欧洲文字的一个缺憾。我们的文字有了引起这种印象的可能,如果我们不去利用它,真是可惜了。所以新诗采用了西文诗分行写的办法,的确是很有关系的一件事。姑无论开端的人是有意的还是无心的,我们都应该感谢他。因为这一来,我们才觉悟了诗的实力不独包括音乐的美(音节),绘画的美(词藻),并且还有建筑的美(节的匀称和句的均齐)。这一来,诗的实力上又添了一支生力军,诗的声势更加扩大了。所以如果有人要问新诗的特点是什么,我们应该回答他:增加了一种建筑美的可能性是新诗的特点之一。

近来似乎有不少的人对于节的匀称和句的均齐表示怀疑,以为这是复古的象征。做古人的真倒霉,尤其做中华民国的古人!你想这事怪不怪?做孔子的如今不但"圣人""夫子"的徽号闹掉了,连他自己的名号也都给褫夺了,如今只有人叫他作"老二";但是耶稣依然是耶稣基督,苏格拉提依然是苏格拉提。你做诗摹仿十四行体是可以的,但是你得十二分地小心,不要把它做得像律诗了。我真不知道律诗为什么这样可恶,这样卑贱!何况用语体文写诗写到同律诗一样,是不是可能的?并且现在把节做到匀称了,句做到均齐了,这就算是律诗吗?

诚然,律诗也是具有建筑美的一种格式;但是同新诗里的建筑美的可能性比起来,可差得多了。律诗永远只有一个格式,但是新诗的格式是层出不穷的。这是律诗与新诗不同的第一点。做律诗无论你的题材是什么?意境是什么?你非得把它挤进这一种规定的格式里去不可,仿佛不拘是男人、女人、大人、小孩,非得穿一种样式的衣服不可。但是新诗的格式是相体裁衣。例如《采莲曲》的格式决不能用来写《昭君出塞》,《铁道行》的格式决不能用来写《最后的坚决》,《三月十八日》的格式决不能用来写《寻找》。在这几首诗里面,谁能指出一首内容与格式,或精神与形体不调和的诗来,我倒愿意听听他的理由。试问这种精神与形体调和的美,在那印板式的律诗里找得出来吗?在那乱杂无章,参差不齐,信手拈来的自由诗里找得出来吗?

律诗的格式与内容不发生关系,新诗的格式是根据内容的精神制造成的,这是它们不同的第二点。律诗的格式是别人替我们定的,新诗的格式可以由我们自己的意匠来随时构造。这是它们不同的第三点。有了这三个不同之点,我们应该知道新诗的这种格式是复古还是创新,是进化还是退化。

现在有一种格式:四行成一节,每句的字数都是一样多。这种格式似乎用得很普遍。尤其是那字数整齐的句子,看起来好像刀子切的一般,在看惯了参差不齐的自由诗的人,特别觉得有点希奇。他们觉得把句子切得那样整齐,该是多么麻烦的工作。他们又想到做诗要是那样的麻烦,诗人的灵感不完全毁坏了吗? 灵感毁了,还那里去找诗呢? 不错,灵感毁了,诗也毁了。但是字句锻炼得整齐,实在不是一件难事;灵感决不致因为这个就会受了损失。我曾经问过现在常用整齐的句法的几个作者,他们都这样讲;他们都承认若是他们的那一首诗没有做好,只应该归罪于他们还没有把这种格式用熟;这种格式的本身,不负丝毫的责任。我们最好举两个例来对照着看一看,一个例是句法不整齐的;一个是整齐的,看整齐与凌乱的句法和音节的美丑有关系没有——

　　　　我愿透着寂静的朦胧,薄淡的浮纱,
　　　　细听着淅淅的细雨寂寂的在檐上,激打遥对着远远吹来
　　　　　　的空虚中的嘘叹的声音,
　　　　意识着一片一片的坠下的轻轻的白色的落花。

　　　　说到这儿,门外忽然灯响,
　　　　老人的脸上也改了模样;
　　　　孩子们惊望着他的脸色,
　　　　他也惊望着炭火的红光。

　　到底那一个的音节好些——是句法整齐的,还是不整齐? 更彻底地讲来,句法整齐不但于音节没有妨碍,而且可以促成音节的调和。这话讲出来,又有人不肯承认了。我们就拿前面的证例分析一遍,看整齐的句法同调和的音节是不是一件事。

　　　　孩子们|惊望着|他的|脸色
　　　　他也|惊望着|炭火的|红光

这里每行都可以分成四个音尺，每行有两个"三字尺"（三个字构成的音尺之简称，以后仿此）和两个"二字尺"，音尺排列的次序是不规则的，但是每行必须还是两个"三字尺"两个"二字尺"的总数。这样写来，音节一定铿锵，同时字数也就整齐了。所以整齐的字句是调和的音节必然产生出来的现象。绝对的调和音节，字句必定整齐。（但是反过来讲，字数整齐了，音节不一定就会调和，那是因为只有字数的整齐，没有顾到音尺的整齐——这种的整齐是死气板脸地硬嵌上去的一个整齐的框子，不是充实的内容产生出来的天然的整齐的轮廓。）

这样讲来，字数整齐的关系可大了，因为从这一点表面上的形式，可以证明诗的内在的精神——节奏的存在与否。如果读者还以为前面的证例不够，可以用同样的方法分析我的《死水》。

这首诗从第一行

这是 | 一沟 | 绝望的 | 死水

起，以后每一行都是用三个"二字尺"和一个"三字尺"构成的，所以每行的字数也是一样多。结果，我觉得这首诗是我第一次在音节上最满意的试验。因为近来有许多朋友怀疑到《死水》这一类麻将牌式的格式，所以我今天就顺便把它说明一下。我希望读者注意，新诗的音节，从前面所分析的看来，确乎已经有了一种具体的方式可寻。这种音节的方式发现以后，我断言新诗不久定要走进一个新的建设的时期了。无论如何，我们应该承认这在新诗的历史里是一个轩然大波。

这一个大波的荡动是进步还是退化，不久也就自然有了定论。

诗人的横蛮

孔子教小子、教伯鱼的话，正如孔子一切的教训，在这年头儿，都是犯忌讳的。依孔子的见解，诗的灵魂是要"温柔敦厚"的。但是在这年头儿，这四个字千万说不得，说出了，便证明你是个弱者。当一个弱者是极寒伧的事，特别是在这一个横蛮的时代。在这时代里，连诗人也变横蛮了；做诗不过是用比较斯文的方法来施行横蛮的伎俩。我们的诗人早起听见鸟儿叫了几声，或是上万牲园逛了一逛，或是接到一封情书了……你知道——或许他也知道这都不是什么了不得的事件，够不上为它们就得把安居乐业的人类都给惊动了。但是他一时兴会来了，会把这消息用长短不齐的句子分行写了出来，硬要编辑先生们给它看过几遍，然后又耗费了手民①的筋力给它排印了，然后又占据了上千上万的读者的光阴给它读完了，最末还要叫世界，不管三七廿一，承认他是一个天才。你看这是不是横蛮？并且他凭空加了世界这些担负，要是那一方面——编辑、手民或读者——对他大意了一点，他便又要大发雷霆，骂这世界盲目、冷酷、残忍、蹂躏天才，……这种行为不是横蛮是什么？再如果你好心好意对他这作品下一点批评，说他好，那固然算你没有瞎眼睛，你要是敢说了他半个坏字，那你可触动了太

---

① 手民，指排字工人。

岁,他能咒到你全家都死尽了。试问这不是横蛮是什么?

我看如果诗人们一定要这样横蛮,这样骄纵,这样跋扈,最好早晚由政府颁布一个优待诗人的条例,请诗人都戴上平顶帽子,穿上灰色制服,(最好是粉红色的,那最合他们身份,)以表示他们是属于享受特殊权利的阶级,并且仿照优待军人的办法,电车上、公园里、戏园里……都准他们自由出入,让他们好随时随地寻求灵感。反正他们享受的权利已经不少了,政府不如卖一个面子,追认一下。但是我怕这一来,中国诗人一向的"温柔敦厚"之风会要永远灭绝了。